새와 함께 잠들다

시작시인선 0230 새와 함께 잠들다

1판 1쇄 펴낸날 2017년 5월 22일
지은이 최을원
펴낸이 이재무
책임편집 박은정
디자인 이영은
펴낸곳 (주)천년의시작
등록번호 제301-2012-033호
등록일자 2006년 1월 10일
주소 (04618) 서울시 중구 동호로27길 30, 413호(묵정동, 대학문화원)
전화 02-723-8668
팩스 02-723-8630
홈페이지 www.poempoem.com
이메일 poemsijak@hanmail.net

ⓒ최을원, 2017, printed in Seoul, Korea

ISBN 978-89-6021-321-0 04810
     978-89-6021-069-1 04810(세트)

값 9,000원

*이 책의 국립중앙도서관 출판시도서목록(CIP)은 서지정보유통지원시스템 홈페이지(http://
 seoji.nl.go.kr)와 국가자료공동목록시스템(http://www.nl.go.kr/kolisnet)에서 이용하실 수 있습니
 다. (CIP 제어번호: CIP2017010016)
*이 시집은 한국문화예술위원회 문예진흥기금 지원을 받아서 출간되었습니다.

새와 함께 잠들다

최을원

천년의 시작

일관성은 의미를 만들고 오래되면 색깔을 만드는데,
이 길이 일관—貫이라고 애써 믿으며

하늘의 아버님께
땅의 어머님께

차 례

시인의 말

제1부

제1부 변검變臉의 역사

아파트 택시

아무도 몰랐다

거기 누군가 십 년도 넘게 숨어 산 것을
지구인처럼 귀뚜라미처럼
감쪽같이 간절하게
밤마다 모스부호를 타전하고 있었던 것을

지나치게 과묵한,
별보다 먼 곳이었어

소주병 옆에 부르릉 시동이 걸리는 팔순의
생일 또는 일생,
기사복 정성껏 다려 입고
밤하늘 까마득히 떠가는

택시, 또는
영구 임대 아파트 한 채

한 달에 한 달이
더 지나고 나서야

사람들이 처음으로 그 섬을 방문했다

승객들이 모여들었다

케이크는,

힘이 세다 중년 사내 하나 너끈히 끌고 간다
한 뼘 정도 띄울 수 있다 숨구멍의 최저 높이다
밤의 바게트에 모여든 어색한 눈빛들
조용히 숨통을 트고 있는 해방구, 하여

면죄부다 촛불이 켜 있는 동안의 한시적인 면죄부
자기 문패 밑 강화문서, 패장의 난중일기다

오십 보쯤 빠른 걸음이다 저 속도가 유지되는 한
결코 놓지 못하는 악력의 관성
처음 잡아주던 날의 떨림,
손 안에 온전히 맡기던 작고 보드랍고
꼬물거리던 무게다

둥둥 낡은 연립이다 연인의 집 램프 불에
손가락을 디밀던 고흐처럼
저게 다 탈 때까지만 지키게 해주세요
사내의 손가락불이 밝혀지고
기우뚱하던 집이 찾는 잠시의 균형이다

빛도 공간도 동그랗게 휘어지는
케이크월드

청룡열차가
별들 사이를 간다

지나가는 자의 초상肖像*

인부 둘이 큰 거울을 들고 갑니다
찰칵! 예리하게 잘립니다
여러 장의 스틸을 모으며 거울이 갑니다
언젠가 거울 한 장 지나갔습니다
얇고 맑고 환하던 찰나, 섬광에 찍힌 사진들
처음 본 내 모습들, 그땐 거울이어서
거울이고 싶어서 칼끝의 햇살 속
자꾸만 들여다보는 거였습니다
금번 생生의 보폭으로는 쫓아갈 수 없는 거리에
인부들이 가고 있습니다 저 대형 거울이
어딘가에 가 걸리듯이 갈 수 없는 곳에
의지만으로는 닿을 수 없는 곳에
그 낡은 거울도 걸려 있을 겁니다
가끔 번쩍이는 불빛, 셔터 소리 들리면
놀란 새들과 구름이 흩어지고
거기 먼지 속, 눈먼 사진 몇 장 박혀 있을 겁니다
한때 누군가의 간절함이었던 숱한 거울들이
무표정하게
그 앞, 지나가고 있을 겁니다

* 윤대녕의 소설 제목.

그리운 강박強迫

탁자 위에 푹푹 꺼지는 사막이 있다
똑바로 걸어야만 똑바른 길이 생긴다
한 치의 흐트러짐 없이 사열한
그릇들 소주병 술잔 라이터 담뱃갑 수저
무변으로 넓어져만 가는 사막에 길이 생긴다
구역질나는 것들 죄다 갈아 엎어버리며
죄 많은 불면의 밤들을 지나
피안까지 내뻗는 길이, 너무 잘 보인다
만취 중일 때면 와디처럼 생겨나는 길
흐트러진 것들이 가지런히 정돈되는 길
미친 세상이 꼭 맞는 제자리를 찾아가는 길
정상이고 싶다고
정상인 나라에서 한 번 살아보고 싶다고
신기루처럼, 눈을 뜨고 꾸는 백일몽처럼
사막 저편에서 홍해가 쩍, 갈라진다
스마트폰 든 아이들이
와글와글, 키득키득
바다를 걸어 나오고 있다

조용한 마을

집 바로 옆, 공터이든 밭이든 즐비한 무덤들
죽은 이들이 더 많이 사는 마을
빈집이 더 많은 마을, 빈집이 더 집 같은 마을
길고양이들도 엄연히 주민인 마을

할머니들이 집 한 채씩 들어앉아
빈집엔 빈집이 들어앉아
저마다 앓는 소리로 지새우는 밤
바람이 불면 노송들이 늙은 손 흔들며
할멈 어여 와, 밤새 보채는 마을

봉분들과 집들이 마주보며 낡아가는 마을
날마다 대지에 가까워지는 마을
잡풀이라도 덮이면 감쪽같이 흔적 없을,

점점 돌아가고 있는 마을
인위人爲와 무위無爲의 접점에 서 있는 마을

이제 겨울도 지나 봄볕이 따사로운데
육탈肉脫의 초입에 옹기종기 모여 앉아

인생 백 년이 한순간이라고 히죽이 웃으며
하얗게
하얗게
바래어가는 마을

밤비 정류장[*]

밤비 버스 정류장에 남녀가 갇혔네
우산 없는 자들만 갇히네

젖은 곳으로만 내리는 비, 젖은 자만이
젖은 자를 알아보는 정류장
두 가지 길밖에 없는, 빗속으로든
당신에게로든, 몸이 젖거나 마음이 젖거나

부르지 않아도 저절로 끌려가 갇히는 곳

거기까지라고 거기서부터 시작됐다고
끈질기게 밤비 내리는 정류장이
거기 있네 여전히 우산 없는 자들이
속수무책의 비를 들고 있는

그리운 것들은 모두 버스를 타고 온다고
젖어버렸다고 갇혀버렸다고, 버스가 한 대

머물다
가네

* 영화 『버스, 정류장』에서 이미지 차용함.

제로섬 게임(zero-sum game)

칼 한 자루의 무림, 적개심엔 이유가 없네
익명은 얼굴 없는 검이다
아이는 절정의 고수
표범은 홀로 설산을 넘는다
쫓기는 자의 불안이 스스로 목을 찌를 때까지

밖엔, 햇살이 컵라면 용기에 고여 있는 집
올 때마다 낯선, 컴퓨터 한 대로
가득 차는 집 결코 익숙해지지
않는 것들 사이에 비로소 아이가
아이처럼 서 있는, 한낮의 뻐꾸기가
어떡하지, 어떡하지 우는 집

풍뎅이 한 마리가 유리창에 땅! 부딪히자
모니터만 한 세상에 쨍 오는 균열,
크레바스는 이빨이 길다
컴퓨터 속으로 다시 후다닥 숨는다
자기보다 큰 칼날 뒤에 붙어
집이다 진짜 집이다
깜박깜박, 커서처럼

아이는 종종 그런 생각을 한다

가을 운동회

떠나려는 자와 보낼 수 없다는 자들이
그만 보내달라고, 아직은 아니라고
팽팽하게 맞서는 줄다리기
전구의 필라멘트가 팅! 끊어졌다
이편과 저편으로 나뒹굴어진 사람들
잠시 주저앉았다가 먼지를 털고 일어서는,
힘겹던 줄다리기를 끝으로
운동회가 갑자기 끝났네
하얀 시트가 덮이고, 돌아가야 할 시간
졸지에 거처가 달라진 한 사람도
남겨진 사람들도 떠나야 할 시간
공책 한두 권과 연필 몇 개쯤의 추억을
나누어 갖고 남은 말들은 바람 속에 묻고
다시 볼 수 있을까 의심하면서
두려워하면서, 한 번 스치고
무한 속으로 멀어지는 별들처럼
점점 팽창하는 운동장을 빠져 나간다
수고하라고 수고했다고
만국기는 펄럭거리고
가을 하늘 깊숙이

올드랭자인은 울려 퍼지고

달을 따라온 것들

월미도月尾島,
달의 긴 꼬리에 젖은 외투를 건다

순식간에 몇백 리씩 멱살 잡혀와
알전구 파문 속에 갇힌 것들
좁은 의자에 칼을 쓰고 돌아앉은 섬들

달을 따라온 것들은 죄다 질기다
질겅질겅 씹힌다

얼마나 게워내야 명징해질 수 있을까
저 죽비 소리
꼼장어가 잘려지고 잔가지들도 잘려지고
암초들은 눈알을 번득이는데
사람들 사이, 가장 어려운 뱃길을 지나
배들은 손바닥 위로 깃든다

떠났던 모든 길 끝에 박혀 있던 팻말,
왔던 곳에서 다시 시작하는 수밖엔 없다

갈喝, 갈喝, 거리는 갈매기, 갈매기들
더는 못 견뎌 마지막 잔을 털 때

바다가 초승달
꿀꺽,
삼킨다

야무지게 굽은 가시가 목구녕에
쿡! 박힌다

변검變臉의 역사

그 건물은 순식간에 얼굴이 바뀐다
보고도 보지 못한다
보이지 않는 손이 슬쩍 지나갈 때마다
멀쩡한 얼굴 하나씩 버려진다
도시의 곳곳, 동시다발의 저 화려한 공연,
연출자는 높은 곳에 있다
관람권은 술집 전단지처럼 뿌려진다
관람객 대부분이 잠재적인 공연자다

혹시, 저 건물이 커다란 입처럼 보인다면
저 공연은 폭식의 가장 성공적인 진화다
지금은 땅 끝까지 가야 하는 유목과 유랑의 시대
먹잇감들은 대상隊商처럼 몰려와
입 속으로 꾸역꾸역 기어든다
쩝쩝거리며 뱉어낸 뼈들, 버려진 얼굴마다
피와 살점이 묻어 있다

밤이 되면 도시 위에 불쑥불쑥 솟아오르는 핏빛 묘비석들
살육과 번제의 밤이 지나고,
거짓말처럼 신선한 태양은 또다시 떠오르는데

오늘도 돼지머리의 미소는 절대자처럼 자비롭고
콧구멍에 꽂힌 지폐는 무청처럼 싱싱한 V자다
금번 공연자는 다리를 저는 왜소한 사내,
간절하게 조아린 아낙과 올망졸망한 아이들을
목 잘린 돼지가
실눈으로 지긋이 훔쳐보는 중이다

제2부 숨은 사랑

벚꽃 카페

먼 길 걸어온 듯한 목조 카페,
구석 탁자엔 고개 숙인 장발의 청년
창밖엔 벚꽃이 흩날리고
연인들은 꽃잎 속으로 사라져갔네
목련처럼 녹슬어 떨어지기보다는
가장 아름다운 순간에 자진해버리는 벚꽃들
바람에 한 장씩 찢겨 날려가는 경전經典들
카페의 문은 저 홀로 열렸다 닫히고
가득 차고 텅 비워져 가고
청년도 떠나고 남겨진 종이 한 장 빼곡히
꽃잎, 꽃잎, 꽃잎들
문을 나서자 세상은 온통 벚꽃 카페,
꽃잎은 얼굴로 날아드는데
흩날리는 작별은 숨이 가쁜데
완성은 허공의 영역이라고
절정의 순간에 손 놓아 날려주는 나무들처럼
등 뒤로부터, 멀고 고요한 배후로부터
문 하나, 두꺼운 책 한 권
탁! 닫히는 소리
그때 분명히 들을 수 있었네

소리 없는 것들

가을이 깊어지면 새들은 떠날 준비를 한다

한 여름 차올라 정점을 찍었던
생명의 물이 빠지고 있다
누렇게 시든 모습이 보기 싫어서,
보여주기 싫어서 새들은 떠나는 것일까

당신이 잠든 그 밤에 소리도 없이
새 떼는 천 리를 간다

태풍도 한가운데는 조용하고, 깊을수록
잔잔한 수면, 갑자기 물고 늘어지는 개는
과묵하다 흔적 없이 지나가는 칼날처럼
고요한 두려움,
가을은 우리들 곁에서 잠잠한데

가령, 유난히 슬픈 가을 눈빛이 당신 뒤편을
아득히 볼 때
당신은 이미 다 빠져나간 사람
유리병처럼 투명해

후생까지 훤히 다 보이는 사람
새들은 벌써 오래전에 가을 깊었다

소리 없이
까마득히
낡은 국경을 넘는 중이다

산에 들에

개울가, 바위를 운명처럼 붙잡고 있던 얼음 조각이
떨리던 손 툭! 놓고, 빈손 들여다보다가
하늘 한 번 올려보다가
스르르르
떠내려간다

*

백지 편지가 왔다 써 내려간 시간이,
읽어내는 시간이 잡은 손이 마지막 풀리는 시간
무거운 코트를 입은 그대가
겨울 긴 들판을 다 건너가는 시간

밤새 앓았나 보다 열꽃이 핀 저 복숭아나무들
새들이 편지 행간行間 포롱포롱 옮겨 앉을 때마다
마음 가지 끝엔
한 겨울 참았던 붉은 울음이 팡팡 터지는데

학교 가는 아이들이 언덕을 천천히 넘어간다
지나간 것들이 또 지나간다

우리들의 봄날은 길고도 짧아, 비로소 읽히는 것들
그대가 멀리서 보낸 여리디여린 초록의 사연들
온통 가득,

산에
들에

격발擊發

여드름투성이 더벅머리 소년 난생 처음의 앞을
하얀 소녀가 하얀 자전거를 끌고 천천히 지나간다

빨갛게 달은 난로 뚜껑 위에 갑자기,
물방울 하나 툭! 떨어져 내린다

모두가 걸음을 뚝 멈추고 주시하는 숨죽임 속으로
한 번쯤 겪은 어리고 따뜻한 설렘 속으로
가장 느린 속도로, 가장 오래 남을 속도로

떨
어
진
다

총성이 울고 햇살이 부서지고, 까닭 모를 기쁨과 슬픔이
난로 뚜껑 위에서 신나게 춤 한 판을 벌이는

누가 저 방아쇠를 당기시나
숨어서 지켜보시나

탁탁 튀는 물방울이 모두 사라질 때까지
자전거 한 대 소년少年을 다 건너갈 때까지

개와 늑대의 시간

분명한 것일수록 모호해진다 연인은 맹신의 가면,
신흥종교가 피고 지고,
모든 게 말씀이다 노을이 방언이다

서로의 가면을 나누어 갖고 가면무도회는 끝났네
자기 그림자에 갇힌 저 사내,
개와 늑대를 정면으로 만나고 있네
끝내 알 수 없었노라
또 한 번의 죽음을 고백하고 있네

사랑은 결핍의 자식들, 연인의 환상을 흉내 내는 가면
욕망이 또 다른 환상을 부를 때
무대 너머로 조용히 지는 별

하나뿐인 핀조명이 거두어지네
빛도 아니고 어둠도 아닌 곳으로 가네
불이 꺼지면 달랑 남는 한 장의 얼굴,
가면보다 낯선, 가면보다 초라해지는

오고 있는가 가고 있는가 가학과 피학이 한통속이던 날들

새로울 것 하나 없는 창세의 하늘 아래
천편일률의 대본
무한 반복,
영원 회귀의 저 유구한 연극 한 편

언어적言語的 사랑

들판을 건너서야 초록이 초록이 아님을 알았고
그대를 지나서야 그대가 그대가 아님을 알았네

기적이란, 먼 곳을 돌던 외로운 언어들이
같은 곳 같은 시간대에 마주보며 서 있던 것
새로운 의미로 탄생되던 것 그러나

언어는 너무 작은 가면
얼굴을 다 가릴 수 없네

우리는 언어로 만나 언어 밖으로 헤어진다
영원이란 추억이란
밟으면 얼마나 잘 베이는 껍질들인가

뭐라고 불러야 되나

비좁은 가면을 벗고 한때의 들판을, 초록을,
우리를 다 건너간 것들
어느 별, 어느 꽃 속에서 다시 한 번의
탄생을 꿈꾸며

언어 밖으로 가버린 것들

라디오 여자

　남도, 늘 라디오 든 여자 살얼음 떠도는 새벽 샘물의 음
성 여전히 가수인 여자 돌담 저만치서 호기심 가득한 눈빛
목화송이 같던

　소풍날 주인공이던 여자 서울 변두리 미싱 따라 돌던 여
자 벌교 읍내에 아들 하나 안겨주고 돌아온 여자 몇 해 전
친구에게 보내온 편지 한 장,

　세상이 자꾸만 내게로 몰려와

　다 놓아버린 여자 라디오 뒤로 숨은 여자 산에 들에 그 노
래 들꽃으로 피어나고 밤마다 시냇물처럼 돌아나가고 저년
또 날구지한다고 동네 사람들 쉽게 잠들지 못하고

　가끔 도시의 한 귀퉁이에 그 라디오 서 있네 나무와 새들
과 풀꽃들이 몰려가네 한 곡 끝날 때마다 터지는 기립 박수
소리, 환호성 밤새 그칠 줄 모르는

시계탑 아래
—〈육천 년의 키스〉라는 사진을 보았네
  입을 맞댄 두 유골이 육천 년을 흘러온

서민 아파트 앞 그 고장 난 시계탑

여섯 시에 멈춘 시침과 분침,

먼 길을 돌던 시간들이

천 년 전 거기서 턱, 멈춘 것이다

자취방의 연탄불을 갈아주고 나와 그 앞에 서면

시계탑은 긴 손가락 뻗어

영원과 순간의 길을 찬찬이 가리키는 거였네

빛나는 가치들이 겹쳐지거나

주변에 별들로 모여 있었네

연탄 때는 아파트가 사라진 세월처럼

도시가 들어서고 무너져 간 세월처럼

사랑이 사랑을 떠나고 나도 나를 떠난

이곳은 어느 낯선 시간대인가

시계탑 아래로 청춘들은 모여들고

영원의 사랑은 시작되는데

가도 가도 한 육천 년 더 가야 하는 곳이 있다고

지상의 시간들은 닿을 수 없는 곳도 있다고

사무실 창 너머로 무너져 내리는 저녁

어느 먼 시계탑 밑엔,

바람과 낙엽이 다녀가고

토끼풀들이 피고 지고

타다 만 연탄재가 쌓여가고 있을 것이다

그 집, 그 거리距離

가을, 그 집이 가장 아름다운 거리距離가 있다

달과 별 사이 꽃과 나무 사이 사람과 사람 사이,
올 수 없는 것들과 갈 수 없는 것들 사이에
조금만 가까워지면 훼손되는 아슬아슬 절대의 거리

태양이 마음의 들판을 건너 그 집으로 들어가고 있었다
그 집 빨갛게 단풍 들고

그 거리에 꽃들이 피고 지고 숱한 불면이 오고 가도
연민과 연민이 호밀밭의 파수꾼처럼 서 있는,

전설 같은 단풍나무 뒤편

숱한 금지된 사랑들이 오랫동안
서 있다
지켜보다
홀로 기꺼이 먼 겨울을 돌아서 가는

숨은 사랑

수양버들 밑동이 잘렸다 치렁치렁 고개 숙인 번뇌도, 머리 위에 띄워놓고 그렁그렁 반짝이던 것들도 다 함께 잘렸다

스스로는 끊어낼 수 없던 것들

꼭꼭 숨겨왔던 내력들이 낱낱이 드러났다 달아날 수도, 다가설 수도 없는 딱 그만큼의 거리에서 태양의 황도를 따라 돌던 장문의 두루마리 사연들, 은밀히 견디던 것들의 물기가 글자마다 번졌다

기약할 수 있는 게 죽음밖에 없다면, 기다림만으로 완결되는 한평생도 있는 거였다 햇살이 맑은 수의 한 벌 입혀주는 것으로 끝나는 초상도 있는 거였다

이승엔 또 봄이 오고 새들이 모여들면, 감출 무엇이 남은 것일까 나무는 그늘을 끌어다 죽은 발등을 자꾸만 덮는 것이었다

흐르는 연緣

성긴 눈발 속을 커다란 붕새 한 마리 떠간다

느리고 느린 날갯짓 한 번 할 적마다
천 리를 가고
눈 한 번 꿈-뻑 감았다 뜰 때마다
천 번의 이별을 한다

오던 길도
가던 길도
다 끝났다

날개에 쌓여가는 무게를 미련이라고 하자
눈가에 녹아내리는 것들을 연민이라고 하자
흩날리는 것들을 인연이라고 하자

휘이
휘이

내려놓으며 돌려보내며 새는
가벼워지는 중이다

어느 고요한 유역流域
또 한 번의 생生을 건너가는 중이다

제3부 문門

'개 같다'는 말의 유래由來

　사내들이 개 추렴하려고 모였다 한 생을 담아낼 솥과 기억을 그슬 장작과 뼈까지 씹어 먹을 식욕들이 만사 체념한 누런 개의 오장육부를 샅샅이 점검해나갈 때 실수는, 작은 놈이라고 목을 매달지 않은 것 망치가 머리통을 비껴간 순간 악몽을 뿌리친 개가 비루한 털가죽을 뚫고 뛰쳐나갔다

　캄캄했을 것인데
　외로웠을 것인데

　지나온 모든 길들을 좌충우돌 추억하던 개가 마침내, 발견했네 터널 끝 신의 눈빛처럼 눈부시고 따뜻하고 부드러운 빛, 개는 온 존재를 내던졌다 자궁 속 같은 서러움이 작은 몸통을 채우고 넘쳐 눈물로 신음으로 끄응끄응, 새어 나오는 것이었는데

　아프지 않는 인연이 어디 있을까
　자꾸만 품속을 파고들고
　괜찮다, 다 괜찮다

　달래주고 쓸어주고 사내들이 달려오고, 중생들을 바라

보는 선각자의 슬픈 눈빛으로 주인은 조용히 그 개를 넘겨
주고

유령 버스

밖엔 온통 꽃밭인데 꽃들에게로 가는 길은 보이지 않네
왔던 곳에서 갔던 곳으로만 가네

한 번쯤 길 밖으로 내려가 흔해빠진 꽃나무에게
넥타이 매어주면 어떨까 앙상한 목덜미 졸라보면 어떨까
어울릴지도 몰라 어쩌면 근사한 문패 달아줄지도 몰라

하지만 이곳은 너무 이르거나 너무 늦은 시간대,
텅 빈 버스가 간다

길 가다 붙잡혀온 개 한 마리 의자가 전부인 곳에 갇혀
어디를, 왜, 가고 있나
꽃 없는 아침부터 꽃 없는 자정까지
기다리는 자 하나 없는 외줄기 차선
오래전 벌겋게 녹슬어 굳어버린 핸들대,

아직도 손을 얹고 있나
돌리는 시늉하고 있나

능력자

갑이다 수많은 공원 산책객들 중에서
한 사람을 단박에 찾아낸다
그 능력이 저녁의 벤치 침상에
소주병과 빵 쪼가리를 올려놓는다
얼마나 많은 허기의 밤을 지나 왔는가
시행착오의 자책으로 괴로워했는가
길고 황량한 광야를 메뚜기와 석청만으로
건너온 선지자처럼 이미 백발이다
온종일 벤치에 누더기 세월을 베고 누워
지나간 구름들을 콧노래로 복기하다가도
큰 통곡을 컥컥 게워내다가도
나무들에게 일장 말씀을 설파하다가도
온갖 잡놈들, 특히 직업이 직업이 되어서는
안 되는 자들에게 일갈을 내뱉다가도
봉두난발 사이로 번쩍이는 눈빛,
고뇌가 행동을 보이신다
한꺼번에 날아오르는 새들의 외경!
을이 오고 있다
선천적 채무자가 오고 있다

비에 젖는다는 거

고궁 벤치에 한 사내가 비를 맞고 있다
비는 사내에게도 내리고 연못 연잎에도 내린다

넓은 연잎 한가운데 빗방울이 가득 찰 때
연 줄기는 고개 숙여 고인 빗물을 왈콱, 털어낸다

쏟아낸 그 힘으로 다시 한 생生을 번쩍, 치켜든다

*

비는 먼 곳으로부터 왔네 수양버들 긴 가지를
타고 내려오는 섬세한 손길로,
차갑고 가늘고 긴 슬픔으로 슬픔의 힘을 가르치고 있네

털어내야 버틸 수 있다고
버텨야 털어낼 수 있다고

*

연잎 위 개구리들이 하염없이 하늘을 쳐다보고 있네
눈을 뜬 채로 애써 비를 맞고 있네

하늘 아래

커다란 연못

젖은 것들이 흠뻑 젖어가고 있네

해바라기

처다본다 고개를 돌려도
따라오며 또 쳐다본다

어린 여학생, 엘리베이터 CCTV 화면 속에 갇혀
캄캄한 우물 속 들여다보다가 손가락 콕! 찍자

흔들린다 흔들거린다
교실과 공터, 담뱃불과 욕설과 얼굴 없는 발들

아침이 보글보글 끓고 있는데
잠투정들이 밥상머리 모여드는데
머리채 휘둘리는 봉두난발의 판잣집
도망쳐 내려가는 고샅의 맨발

지상에서 영원까지 자정을 오르내리는
좁고 가파른 곳에서

엄마 저도 데려가줘요
손을 내민다
자꾸만 내민다

아침 뉴스의 TV 밖, 맑은 햇살식탁에 앉은

나와 눈을 맞추며
당신과 눈을 맞추며

새와 함께 잠들다

어느 별에선가 날아온 새 한 마리가
몇 달째 오도카니 앉아 있네
사막에 착지해온 누군가의 유년
날개에 쓰인, 우리 사랑 영원히
가볍고 여린 글씨들 찬찬이 들여다보면,
그늘 하나 없이 넓이만 풍성한 곳
단단한 것들의 건조한 슬픔이
눈빛을 숨기고 버티는 곳
작렬하는 회귀선 아래를 위태롭게 나는
새 한 마리, 바짓단의 모래를 털고
목을 조르던 하루를 풀어 털썩 내려놓으면
작은 부리를 벌려 우리를, 사랑을, 영원을
손바닥에 떨구어주는, 그 새가
바람기 한 점 없는 중년의 밤을 가르면
차가운 선이 한 줄 가슴을 지나가네
그 선을 거슬러, 가벼움을 생각한다
무거운 세상, 무거움의 관성을 생각한다
사막엔 별들이 새처럼 지저귀고
어린 여우는 자꾸만 길을 묻고
깨어나면 편두통의 머리맡에 몇 개 떨어져 있는,

무척 푸르고 가벼운 깃털들

비둘기에 관한 명상

길가 무심코 들춰본 비둘기 속에
구더기들이 바글바글하다

저것들이, 땅바닥을 기며 그럭저럭 살던 새를
바위 위로 언덕 위로 절벽 위로
결국, 하늘까지 띄웠을까
하늘에 붙잡아 가둬버렸을까
살아 있는 것들에게 비상과 초월을 선물한 후에
그 높이의 까마득한 추락을 함께 건네주는,
날마다 꿈들을 한 자씩 밀어 올리고
하룻밤에 도시 하나쯤 감쪽같이 엎어버리는

저것들이 새의 주검마저 다 파먹고 떠나고,
새가 하늘에서 풀려나 고요하고 평온한 바닥으로
되돌아가는, 거기가 안식의 시작일까
하여, 한 번은 다녀와야만 비로소 안식일까
무변의 하늘은 절망의 넓이,
녹아서 떨어진 날개 두 쪽만 남아
다녀온 곳에 대하여 다녀간 것에 대하여
허공에 첫발을 디디던 떨림에 대하여

소처럼 먼 곳을 반추하는 것이 일컬어 추억일까
가끔은, 죽은 날개를 저어 태양을 향해
똑바로 날아가는 시늉을 해보기도 하면서

문득, 석양의 타워크레인에
도시 하나 걸린다
대롱대롱
새처럼, 고깃덩어리처럼

세탁기

폭염 아래 한 평 철장 속,
똥개 한 마리가 미친 듯이 돈다
입엔 거품을 물고 눈 속엔 귀신을 담고
전생과 후생이 서로 꼬리를 잡으려고
골고루 구워지려고
개도 아니고 그 무엇도 아닌 것이
태어났다는 가장 큰 죄가
이유를 찾으려고
섭리와 만나려고
문이 열리고 고마운 손이 탁탁 털어
하늘에 널어놓는 그 순간까지
물기 한 점, 기억 하나 없이
비좁던 몸과 내달리던 꿈이 자리를 바꾸려고
먼저 가 있으려고
태양보다 빠르게
윤회보다 빠르게
세탁도 탈수도
거의 다 끝나가는 곳에서

빵셔틀*

　도루묵 얘기 있지예 은어銀魚가 됐다가 도로묵이 된

　졸음 겨운 머리맡 쪼까난 울 아버지 늘 빵이었심더 환하
고 부풀고 동그랗게 녹아내리고 공사판 불볕 후들거려 푹
푹 꺼졌을 캄캄한 골목 마음 바쁜 그 새참 빵, 판잣집 같고
도루묵 같던

　철없는 물고기처럼 한세상 돌고 나서야
　나중에 오는 사람

　한 차례의 매도 욕설도 없이 유순하게 삽 한 자루 다 닳는
세월의 한 줌 뼈들 봤니더 항아리 안은 팔 건너오던 갓 구운
빵의 온기 산 아래엔 세상이 허기지고 빵들이 둥둥 떠 서쪽
으로만 가는, 달콤해 먹먹해 목구멍이 콱 막히는

　드러버라 도루묵들이 다시 은어가 되어 유년으로만 몰려
가는, 햇살 무쟈게 맑은 가을날이었어예

---

　* 은어隱語, 폭력 학생들에게 시달리며 빵 배달하는 아이.

그래도 목련 나무

목련 한 그루 서 있었네 노래의 잔뼈들만 떨어져 쌓이고 막걸리 빛 하늘이 원죄처럼 얼굴에 덮일 때 목련꽃잎보다 더 빨리 지고 싶었던

하숙집 낮은 창을 밤새 두드리던 그 목련 나무 이상은 붉고 현실은 누렇게 바래 대책 없는 바람만 무정부주의자처럼 몰려오고 졸업 전부터 빚쟁이가 된 젊음이 차가운 별에 기대 잠들던 새벽녘 깃발은 담벼락 병 조각 끝에서 펄럭거리던

화라락 화라락

가끔 꽃잎 지는 소리 들리네 떨어진 자리마다 붉은 녹물이 배네 낯익은 거리들이 순례자처럼 다녀가고 오래된 노래가 낙엽 밑에 썩어가는, 꽃의 시절

꽃의 공화국
목련이 피고 목련이 질 때면

횡단보도

횡단보도 정지선에서 보았네

세상 밑바닥만 핥다가 난생 처음 권력 맛보자 집요한 신경전 과감한 폭력 잔인한 성실성 순식간에 갈아입던 개 한 마리 부족한 아부 유전자, 고독의 그림자 감지해내는 타고난 능력, 끈질기게 물어뜯던 먹잇감들 몇 번씩 돌아보다 군문軍門 나서 멀어져가던, 20여 년 만에 마주친 그가

각이 진 군복, 번쩍이는 견장을 차고 있었네
바람 빠진 어깨에 권력을 달아주며
어떤 젊음은 여전히 복무 중이었네

푸른 시간들이 여울목처럼 맴돌다 풀려나 하나둘 떠나가던
오래된 거기,
뭔가를 두고 온 것만 같은데
백미러 속엔 젊은 그가 있고
횡단보도가 있고
출근길, 어느 꽉 막힌 전장의 최전선엔
경적음들만

개 짖는 소리로 들려오고

갈대는 간다

부러지고 헤진 늙은 갈대들이
언덕을 넘고 있다

가자가자가자가자가자가

타들어가는 갈증, 서걱이는 음성으로
마지막을 짜내고 있다
백발이 한 움큼씩 뽑혀 날려가고
비명도 없이 등뼈가 꺾여 쓰러지고

하늘 아래 씨앗 한 톨 떨어져 뿌리를 내리고
물 속 거울의 날들을 지나
태양의 계절을 지나
갈수록 고독해지고, 밖이 시들해지고
자꾸만 안쪽을 향할 때쯤
찾아온 의구 또는 소망
무의지로 던져진다는 거
시간 여행자를 만나야 한다는 거
언덕 너머를 봐야 한다는 거

세상의 언덕마다 갈대들이 붙어 있는데
저마다의 길로 투쟁 중인데
상처 많은 노래는 혼자만의 노을 속인데
거기 언덕 너머엔,
무엇이 있는 걸까
무엇을 보고 떠나는 것일까

화양연화花樣年華

피어선 안 되는 꽃도 있을까 후미진 꽃에도
벌은 날아들고 어느 낡은 여관에도 꽃은 피고 있으리

세상의 모든 여관은 가파른 계단을 보여주네
누군가는 오르고 누군가는 내려가네
내려다보든 올려다보든 강물은 흘러가고
누구도 같은 강물에 두 번 발을 담글 수는 없네

단 한 번 꽃피우는 여관
꽃이 지면 수도원인 여관

사랑은 여관을 지나 수도원을 지나 끝나는 여정
누군가는 떠나고 누군가는 남아
피지도 지지도 않으면서 중세의 침묵을 견디는 것

내려가기가 더 힘든 묵언黙言의 계단
한 천 년 흘러 무심코 돌아보면,
까마득히 환한 곳

피어선 안 되는 꽃도 있을까 피가 묻어나던 것들

마구마구 피어나던, 여관과 수도원의 계절이 거기 있
으리

　　꽃송이마다 면벽의 수도사修道士들
　　붉은 침묵 하나씩 갇혀 있으리

* 세상은 만물의 여관李白
** 같은 강물에 두 번 발을 담글 수 없다(헤라클레이토스).

제4부 개망초 꽃들

단단한 진화론

부드러운 속을 감싼 것일수록
겉은 단단하다

부드러움을 벗고, 벗고, 벗어서 도달한 곳

단칼에 생선을 반 토막 내는
억척스러운 생선장수 노점상 아주머니
속엔

어리고 여린 것들이 다닥다닥
한집이다

12월에 부친다

첫눈 풍성한 김제 들판을 상행의 기차가 달린다
긴 지퍼가 닫힌다

푸른 텐트가 걷히고 군장을 급히 꾸리던 것들
어디로 떠나갔을까 저 구릉, 들판, 전답들
처절한 전장戰場이었다 서리 하얀 주검들
캐터필러가 지나간 자국들
얼마나 많은 것들이 비명을 깔아놓았나

작전은 끝났다 작은 손에 시퍼런 대검을 쥐고
버티던 날들은 갔다 지금은 겸허히 옷깃을 여미며
죽음 가장 가까이 혼자서 가보는 시간

죽은 자들 위에, 살아남은 자들 위에
똑같은 두께로, 한없는 넓이로 덮이는 하얀 고독

그러나 또 봄이 오면,

누군가 저 흰 코트의 지퍼를 좌르륵 내리고
서럽게 여린 속살들

부끄러운 햇살 속 적나라하게 드러내 놓을 것이다

까맣게 잊고
다시 시작할 것이다

강릉행行

강릉의 어머니를 평생 그리워했다는
사임당 신씨의 「사친思親」을 읽는 겨울밤
사임당은 강릉 가는데
경포대 갈매기 한송정 바람도 가는데
팔순의 어머니 밤새 어딜 가시나
자박자박 모래밭에 발자국 찍으며
육십 년의 초례청 찾아가시나
어린 사임당은 어머니 곁에서 바느질하는데
꽃단장 어머니 젊은 아버지 훔쳐보시나
색동옷 입은 마음 불원천리 강릉길 가고
얼마 전 망부亡夫한 여인은 한 사내를 뒤돌아 걷네
당신이 가장 먼 곳이었습니다
고백하면서 대답하면서 걷네
길들이 바다로 몰려가서 죽고 죽은 길들이
다시 새가 되어 하늘로 가는 것이 한 생生이라고
이승의 인연들이 겨울밤을 가네
곁이 그리운 것들이 가네
낮은 기침 소리 지쳐 잠드시는 새벽
세상의 죄 많은 맏아들들이 잠들면
마음 언덕엔 소나무 한 그루

강릉 가는 까마득한 새 떼들

인연의 발자국들

오랫동안 지켜보고 있을 것이네

햇살 식사

상도동 양지 비탈에 그 낡은 밥상, 햇살 한 상 그득하게
차려지고 몰려온 풀꽃들 점심식사 참 맛있게도 먹네 강아지
풀은 고개 처박고 나팔꽃은 밥상 아예 끌어안았다

부서진 것들이 여린 것들 불러 모아 차려준
지상地上의 한 끼 식사

배만 불러도 세상 부러울 게 없어 배 둥둥 격양가擊壤歌를
부르다가 비스듬한 담장은 게으르게 졸고 개망초꽃도 졸
고, 다들 어디로 갔나 늙은 수양 버드나무만 긴 시름 휘날
리는데 누군가 담벼락에 햇살 밥값으로 남긴,

내가 지금 서 있는 곳에서 행복할 수 없다면
세상 그 어느 곳을 가도 마찬가지일 것이다

푸른빛 낚시꾼들

새벽 세 시, 노인은 낚시꾼 같다
망각을 배우는 중이다
소리는 야행성, 치어처럼 몰려든다
모든 소리는 노인을 거쳐야 한다
화투는 떨어지지 않는 패들만 남는다
벽에 나란히 아프게 걸린다 뼈마디마다
늑대가 울면 결국,
홀로 되기 위해서 사는 것일까
치욕이다 노인은 멀리 낚싯대를 던진다
이곳은 환승역, 낚시하기 가장 좋은 곳
꾼의 미덕은 기다림이다 버팀은 최고의 실존,
자기의 끝은 자기가 지켜봐야 한다는 거
나도 힘들었노라고 고백하면서
멀리 새벽 기차가 도시를 버린다
깨어나면 낯선 곳, 소리의 그물을 둘둘 말고
미라처럼 발견될지도 모르는, 그러나
어둠 저편에서 멱살을 잡아끄는 우악스러운 입질
버티지도 끊어버리지도 못하는
단 한 번의 순간을 고대하며
저수지 곳곳, 노인들은

섬 같다

아직은 푸르디푸른 초저녁이다

사과

집 보수공사 중에 다리 부러진 사내
치료비 더 내놓으라고
친구를 목발 삼아 수시로 깽판 치던 사내
동네방네 꿈속에 소주병 집어던지던 그 사내가
몇 달 만에 깁스 풀고 찾아왔다
바삐 돌아간 자리,
알면서도
그랬다고
숟가락 파먹일 게 몸뚱이밖에 없었다고
뚝뚝 떨구던 사과,
고마웠다고, 눈 붉은
사과 몇 개

기러기

한 달이 은행에서 완성되는 집, 대문 앞엔 잘 짜인 미로,
마지못해 대문인 집 습관이 초인종을 누르고 헛기침이 현
관을 여는

라면 물이 끓는데 조잘거리는 가구들 방들 검은 입들 물
끄러미 서 있는, 불을 켤 수 없는 것들이 모여 사는

강박은, 액자에 낀 먼지
금붕어 한 마리의 침묵
낡은 벽시계의 두통

TV에서 눈꽃이 흩날려 얼굴로 내려 거실엔 꽃들과 낙엽
의 지층, 물고기 화석이 발견될지도 모르는 집 또는 밤, 무
한 고지서, 꺼질 줄 모르는 형광등 같은

돌아가고 싶다

자정의 종소리는 늘 안에서 시작되는데 술은 벼랑이다
낡은 문구 밑에 알약을 털어 넣고 제 품에 고개를 묻으면,

찬 서리 보름달 속

사내 하나 소파에 실려 도무지 모를 정처, 참 멀리도 가는

샤갈의 마을에 내리는 눈*

마른풀 사이에 싸락눈이 쌓인다
갈 수 있다면, 그렇게 가고 싶다
유난히 따뜻한 겨울 어느 휴일에
보일 듯 말듯 흩날려,
낮잠을 깬 당신이 동그랗게 하품을 하고
어깨 작은 기지개를 한껏 펴고
햇살 맑은 창밖을 물끄러미 바라보다가
일 나가려면 더 자야지
모포를 끌어다 남은 잠을 다시 덮는,
녹았던 빨래가 다시 얼고
야근의 불빛이 켜지기 시작하고
잠에 겨운 당신이 비로소 깨어나
눈이 왔네, 하면서도
아침인지 저녁인지 구분 못 하는
그 짧은 순간만큼의 기억으로
한 번, 다녀오고 싶다
마른풀들이 싸락눈에 덮이어가고
길들이 지워져 가고
나마저 잊으면 아무도 모를 길을
휴일이면 내리는 졸음처럼

깨면 금세 잊어버리는 꿈들처럼
창밖을 지나가는 나무 그림자처럼

• 김춘수, 「샤갈의 마을에 내리는 눈」

무명無明

아끼던 옷들 모두 꺼내 차곡차곡 펼쳐놓고 그 여자
그 위에 깊은 잠 들었네

처마 끝 고드름 한 개 얼굴로
똑바로 떨어져 내리는 꿈!

퍼뜩, 놀란 새 한 마리 눈 덮인 앞산으로 멀리 날아간 후

밤하늘엔
이승엔
어린 것들 훌쩍훌쩍 잠투정하다가

스르르르
다시 잠이 들고

박쥐

그는 거꾸로 산다 두문불출, 밤에만 나간다 보이지 않는 것은 불길하다 둥둥 떠가는 낡고 챙이 긴 모자

소문의 속성은 자기 분열과 무한 복제다 소문 속 그는 오늘도 깨진 소주병으로 웃으면서 천천히 팔뚝을 긋는다

복도 끝 늘 불 꺼진 그 방, 뱀을 봤던 장소다 가끔 귀를 기울이다 가는 총무는 성실하다 날고기를 베어 먹다 씩, 붉은 잇몸을 보여주는, 그런 상상은 사회면보다는 무겁고 뒷골목 반찬 메뉴보다는 가볍다

한 평 새벽꿈 속에 검은 헝겊 쪼가리 하나 너풀너풀 지나간다

만약, 불온한 당신이 이 도시 최고의 은신처를 찾는다면 사람들 속으로 가야 한다 그곳이 오지奧地다 머리를 맞대고 숨소리를 나누는 곳에 숨어 들어가 한밤의 행적을 주섬주섬 벗어 걸고 소문에 거꾸로 매달린 저 위험한 짐승,

동굴처럼 깊은

타국의 곤한 잠

새벽 비

누가 이렇게 일찍 길을 떠나나
조심조심 어깨를 흔드는 소리

새벽에 나서는 것은 반쯤 설레고
반쯤 두려운 일
눈 비비고 서걱이는 밥 한술 뜨고
조용히 이쪽을 빠져나가는 사람들
누구도 대신해줄 수 없는 저쪽으로
묵묵히 건너가는 사람들

마음을 먼저 보내고 무심했던 얼굴을
새삼 무심히 만나는

고개 무거운 야근 퇴근 버스
푸른 입영 열차
한 사흘 짓무른 영구차

온갖 새벽이 차가운 이마를 기댄 차창에
찬찬히 들여다보며
잔잔히 쓸어주며 눈물의 속도로

다소곳

다소곳

내리는 새벽 비

문門

오토바이가 대문을 받는다 다시 받는다
철대문은 열리지 않는다 화도 내지 않는다
전신 투지로 받고, 받고, 받을 뿐이다
그럴수록 집의 어둠은 깊고 대문은 절벽처럼
키를 키운다 저 늙은 오토바이를
누가 저곳에 세워놓았나 안에는
모든 것이 있고 아무 것도 없다는 사실을
오토바이도 잘 알고 있는 것이다
관성의 막바지에 대문이 있는 것뿐이라고
믿고 싶은데 업보가 남은 것일까,
엎어졌는데도 바퀴는 돌아간다
숱한 윤회가 바퀴 위에서 돌아간다
태양이 수미산을 넘어 화엄에 들고 있었다
새들이 산정으로 가고 있었다
그만 놀고 가야지, 하늘 어머니 말씀에
온갖 짐승들 서둘러 집으로 갔는데
오토바이는 여전히 대문 앞이다
곳곳에서 문 두드리는 소리가 들려오고
깊은 산문山門마다 벼랑은 높아만 가는데
안에서도 밖에서도 결코 열리지 않는 문,

오토바이는 저 집의 주인이다

벌써 몇 번째나 주인이다

개망초 꽃들

지방 소도시, 찻길 중앙선에 깃든 개망초 일가
나서 자라고 새끼까지 쳤다

명퇴 당한 사내가 강퇴 당한 닭을 튀긴다 도무지 이유 모
를 것들 튀겨지고 또 튀겨지고, 열쇠 도장 사내가 개망초꽃
을 하염없이 바라본다 가끔 도장밥처럼 훅 불려나가는 것들
이리저리 치이다 길바닥에 나앉는 것들

철물점은 녹슬고 행운은 복권 집만 비껴간다
슈퍼엔 슈퍼맨이 없고 부동산엔 부동산이 없다
정육점엔 더 이상 잘라 내놓을 팔다리가 없다

이 거리는 난공불락, 명료한 공식이다 아이들도 아는데
어른들만 모르는 방정식이다 몇 달 전 연기와 함께 빠져나
간 한 사내, 몫이 없는 나눗셈이었다 나머지를 툭! 털어내
고 세탁소가 들어섰다

바닷속 어떤 것들은 평생 한 평 공간을 돌다 가고
벼랑의 꽃들은 꿈꾸지 않아도 비상이다
멀고 화려한 대도시엔 오늘도 축제가 한창인데

개망초 꽃들은 잠들지 못한다 부릅뜬 머리맡,

좌로
우로

선들이 질주하고 있다
죽음이 질주하고 있다

위험한 담장

    서로를 칭칭 감은 덩굴장미와 나팔꽃, 목을 조르는 수많은 손들
    가시가 온몸을 뚫고 나와 누구의 가시인지 구별조차 할 수 없는,
    장미도 아니고 나팔꽃도 아닌

    누구나 담장 안에도 살고
    담장 밖에도 살고

    풀어주고 싶다 풀려나고 싶다 피아노 선율이 담장을 넘으면
    행인들이 잠시 서 있다 가고
    타인들의 시선이 담장을 지탱하고
    담장 위의 꽃들은 최선을 다해 웃어줄 때
    우리들의 담장은 오늘도 성城처럼 굳건한데

    새 한 마리 목이 타들어갈 때까지 하늘 끝으로 가는
    담장마다 꽃들이 걸터앉아 새를 쫓아서 아득히 저무는

    장미를 넘어

나팔꽃을 넘어

그리운 것들은
왜 담장 너머에만 있는 것일까

겨울밤

새벽 2시의 창틀에 기대면, 눈 덮인 앞산, 저곳에서도
작은 것들이 건너다보고 있을 겁니다 너무 춥다고,
덮고 누울 거적때기 하나 없다고 오소소 떨고 있을 겁
니다

부스럭, 부스럭, 산이 돌아눕는 저 소리들
다 그대를 부르는 소리로만 들려옵니다

어디에나 새벽 2시의 앞산은 있고 누군가의
시선이 건너다보고 있을 겁니다 손을 뻗어
작고 차가운 손들이 만져지면
그대는 분노할까요 눈물겨워 할까요

집 없는 것들이 집을 찾고 있습니다
그 많던 새 떼들의 포근한 거처가
이제는 하나도 남아 있지 않습니다

위급한 시대를 싣고 앰뷸런스 한 대 질주해가고 있습니다

부엉이바위엔 부엉이들이 밤새워 울고

뒤척이던 것들이 고개를 슬며시 돌리는 이곳은
떠날 수도, 머물 수도 없는 유형流刑의 북쪽
작은 것들이 파란 불씨 하나씩 품고 버티는

바보 친구, 그대가 없는
이승의 먼 겨울밤입니다

공중 무덤

초겨울 추위 속에서
늙은 거미가 빈집을 지키네
파리 모기들 전부 떠나
찬바람만 걸리는데
조금씩 얼어 들어오는 작은 방 안엔
떠날 수도 머물 수도 없는 마음이 사네
냉골 한복판에 누워 손을 뻗으면
섬뜩한 물 사발이 만져지는데,
보따리 풀었다 다시 묶고
빗은 머리 다시 빗는 마음이여
한 땀 한 땀 허공의 세월이었네
당장 떠나도 아무도 모를 날들이었네
남길 것도 가져갈 것도 없는
앞도 뒤도 다 끊어진 허공,
고마운 첫눈이 내릴 것도 같은데
혼자 죽어가는 고독이 걸려
스스로 지은 곳에 걸려
집 한 채,
공중 무덤 하얗게 반짝인다

은신隱身

보리밭에 서면 보이는 바람
바람이 여는 길을 따라 사내 하나 가고 있다

바람의 휘장을 차례로 열어젖히며
세상의 문을 하나씩 닫으며
끝없이 들어가는 저 사내

세상에 죄짓고 사랑에 큰 죄 짓고
분명 숨으러 가는 중일 게다

달이 달빛 속에 눈물을 숨기듯이
길이 산을 돌아 머리 박고 조용히 꿈을 묻듯이

바람만이 여는 길
바람이 닫으면 어디에도 없는 길

바람 속에 숨은 그를
아무도 찾지 못하리

그리운 강박으로 지은 공중 무덤 한 채

백현국(시인, 문학평론가)

한 사내가 '섬'처럼 숨어 있었다. 그는 '공중 무덤'을 지키는 "늙은 거미"처럼 "남길 것도 가져갈 것도 없는/ 앞도 뒤도 다 끊어진 허공"에서 "섬뜩한 물 사발이 만져지는"(「공중 무덤」) 존재였다. "십 년도 넘게 숨어 산" 그에게 "별보다 먼 곳"에서 왔을지 모르는 거기 누군가(사내)에게 "한 달에 한 달이/ 더 지나고 나서야"(「아파트 택시」) 방문한 승객들도 있었다. 그즈음 "가장 아름다운 순간에 자진해버리는 벚꽃"처럼 "바람에 한 장씩 찢겨 날려가는 경전들"과 "절정의 순간에 손 놓아 날려주는 나무들처럼" "가득 차고 텅 비워져"(「벚꽃 카페」) 가고 있었다. 사내는 오래전 '비'가 가르치는 슬픔의 힘을 알고 있었다. "털어내야 버틸 수 있다고/ 버텨야 털어낼 수 있다고" 그리고 "쏟아낸 그 힘으로 다시 한 생을 번쩍, 치켜든다"(「비에 젖는다는 거」)는 연기적 직관直觀을 깨달았기 때문이다. 현

105

상이 일어나면 즉각 알아차리는 '즉관卽觀'이 있고 그 현상을 여러 가지 모습으로 보는 '수관隨觀'이 있다. 사내는 현상 이전까지 꿰뚫어보는 '직관直觀'을 '자각自覺'하여 체득했기 때문에 불협화음의 세상에서 '무사지'無師智를 얻은 셈이었다.

  사내는 "고개 무거운 야근 퇴근 버스/ 푸른 입영 열차/ 한사흘 짓무른 영구차"를 타거나 "찬찬히 들여다보며/ 잔잔히 쓸어주며 눈물의 속도로/ …중략… / 내리는 새벽 비"(「새벽 비」)를 맞으며 생각한다. 나는 분명 "세상에 죄짓고 사랑에 큰 죄 짓고/ 분명 숨으러 가는"(「은신」) 길이라고. 사내의 고독에는 공포가 숨어 있었다. 과거의 경험에 의지하여 현재를 해석해낼 수 없다면 현존하는 것에 대한 회피는 필연적이다. 그러나 '숨거나' '사라진다'는 것으로 시의 상징체계를 형성하면 선명성은 담보할 수 없다. 즉 '은신'이 비밀스러운 '미적 공간'을 확보하겠지만 '자각의 공간'으로 작용할 수 있는가는 별개의 문제다. 그러나 바슐라르의 말처럼 시적 이미지를 창조한 작가의 상상력과 그 시적 이미지에서 감동을 얻어낸 독자의 상상력이 반드시 일치해야 할 이유가 없는 독자적獨自的인 것임은 틀림없다. 그만큼 시인이 만들어낸 시적 이미지란 삶에서 경험한 특정의 요소를 빌어서 설명할 수 있기 때문이다. 사내의 '은신'이 결핍이나 상흔을 상징한다면 이는 다시 '욕망'으로 환치시킬 수 있다. 즉 '욕망'을 포기하지 않기 때문에 '결핍'이 발생하고 '결핍' 때문에 '은신'은 다시 '욕망'의 상징이 되는 것이다. 때문에 사내

의 숨겨진 '욕망'은 '개' '늙은 거미' '아이' '꽃' '새'의 이미지
들을 통하여 연민의 소통(Identification par Sympathie)을 이
루는 것에 있다.

　사내는 "길 가다 붙잡혀온 개 한 마리"(『유령 버스』)와 "어느
별에선가 날아온 새 한 마리"(『새와 함께 잠들다』)가 인간의 죄
를 속량하는 광경을 본다. 순순히 "망치가 머리통을 비껴가
는 순간"까지 "괜찮다, 다 괜찮다"(『'개 같다'는 말의 유래』)며 육
보시를 서두르는 문수보살을 떠올렸을 것이다. 그리고 처
참한 풍경 속에서도 확연한 법열法悅을 느끼게 된다. 법열法
悅은 임계점(臨界點, Critical Point)을 넘어서서 전혀 다른 지
평에서 현상을 인식하는 데서 온다. "목련꽃잎보다 더 빨리
지고 싶었던" 이유들이 무정부주의자처럼, 빚쟁이처럼, 순
례자들처럼 "화라락 화라락"(『그래도 목련나무』) 낙엽 밑에 썩
어가던 '꽃의 시절'을 지나고 보니 가장 절정의 때에 날려 보
내줘야 했고, 가득 찼지만 비워내고, 짓무르고 젖은 것들
을 쏟아내야 했던 것들이 모두 시를 향한 '희생과 번제'였음
을 깨닫게 된다. 앙드레 지드의 말처럼 파도의 아름다운 물
결선은 앞서간 파도가 물러나 사라질 때 드러나는 것과 같
은 이치다. 시인이 인식하는 세계에서 얻어낼 수 있는 총체
적 사유의 결정체가 시詩라면, 시詩는 어떤 방식으로 우리
의 운명이나 삶을 읽거나 해석하고 핍진한 모습을 그려낼
수 있는가에 대한 의문을 가져야 한다. 해가 동쪽에서 뜨면
꽃 그림자는 자연스럽게 서쪽으로 옮겨가는 상象의 변화가

반드시 일어난다. 그러나 시詩가 어둠 속에서 헤매고 있는 우리들의 삶에 대해 고통이나 연민을 느끼게 할 수 없다면, 새장에 갇힌 새가 털갈이를 하는 것과 진배없을 것이다.

사내는 '그리운 강박'을 가지고 있다. '강박증'이란 본인의 의지와는 상관없이 어떤 생각이 머릿속을 채우게 되고 이러한 생각에서 벗어나고자 특정한 행동을 취하게 되는 증상이다. 그는 '강박 중세'를 공유한 폭력적인 사회를 '변검의 역사'를 통해 보여준다. "신기루처럼, 눈을 뜨고 꾸는 백일몽처럼/ 사막 저편에서 홍해가 쩍, 갈라"지는데 "스마트폰 든 아이들이/ 와글와글, 키득키득/ 바다를 걸어 나오고 있"고 "절정의 고수" "표범은 홀로 설산을 넘"다가도 "컴퓨터 속으로 다시 후다닥 숨는" 아이들이 사는 세상이 안쓰럽기만 하다. 아이들이 진짜 '집'으로 느꼈을 '집'은 실은 "자기보다 큰 칼날 뒤에 붙어/ 집이다 진짜 집이다."(「제로섬 게임」) 아이에겐 성장통 같은 혼란이 아니라 끔찍한 '집'이다. 그런데 순식간에 그 '집'들이 바뀐다. "보이지 않는 손이 슬쩍 지나갈 때마다/ 멀쩡한 얼굴이 하나씩 버려지"는 도시의 곳곳에서 '폭식'이 '폭력의 방식'이 되는 것도 보여준다. 사내는 "다리를 저는 왜소한 사내"의 모습을 통해 고립과 적응장애를 암시적으로 드러낼 뿐만 아니라 "간절하게 조아린 아낙과 올망졸망한 아이들"마저 잠재적인 희생자임을 명시적으로 나타냈다. 사내는 '희생'이 '자기완성'의 모습으로 왜곡되거나 '향유자'와 '희생자'가 분리되는 사회를 향하여 '새롭게 성찰할

필요성을 느꼈을 것이다. "목 잘린 돼지"(『변검의 역사』)나 "길가다 붙잡혀온 개 한 마리"(『유령 버스』)와 다를 바 없는 사람들은 사내와 아이들을 닮아 있다. "지방 소도시, 찻길 중앙선에 개망초 일가"를 이룬 사내는 아이러니컬하게도 "아이들도 아는데 어른들만 모르는 방정식" 즉 "철물점은 녹슬고 행운은 복권 집만 비껴간다/ 슈퍼엔 슈퍼맨이 없고 부동산엔 부동산이 없다/ 정육점엔 더 이상 잘라 내놓을 팔다리가 없다"(『개망초 꽃들』)는 난공불락인 명료한 공식에 갇히고 만다. 사내는 몫이 없는 나눗셈의 세상을 빠져나올 수 없었다.

마르쿠제는 계속 더 일하게 만드는 '죄'라는 것은 근본적으로 현대 사회에서 노동이 갖는 가치와 기능에 연결되어 있다고 봤다. 자본주의의 아름다움은 노동력에 따라 충분한 보상을 받을 수 있는 것이라고 가르치지만 실은 인간이 노동에 함몰되는 이유는 간단하다. 문화적으로 이식된 '죄책감'과 싸워야 하기 때문이라는 것이다. 인간과 로봇의 경계가 허물어지고 컴퓨터 칩과 인간의 신경계가 접속하더니 마침내 "I am everywhere"라고 할 정도로 변화를 거듭해왔음에도 불구하고 우리의 노동 현실은 별반 달라진 게 없다. 여전히 삭막한 경쟁(노동을 통해)에서 이겨야만 가치 있는 인간이며, 적당히, 그리고 노동 자체를 못하거나 하지 않는 인간은 죄악시하는 문화 때문이다. "부러지고 헤진 늙은 갈대들이/ 언덕을 넘고 있다// 가자가자가자가자가자", 분명 뛰어넘고 극복해야 할 것들이 있었다. "세상의 언덕마다 갈대들이 붙어 있는데/ 저마다의 길로 투쟁 중인데" "거기 언덕 너머엔,/ 무엇이 있는 걸까/ 무엇을 보고 떠나는 것일까"(「갈대는 간다」) 갈대 같은 사내는 노동의 의미를 회의하기 시작했다. 그리고 마침내 정직한 고통이 갈채를 받지 못한다는 것을 뒤늦게 깨달아버렸다. "길가 무심코 들춰본 비둘기 속에/ 구더기들이 바글바글하"고 "저것들이 새의 주검마저 다 파먹고 떠나고,/ 새가 하늘에서 풀려나 고요하고 평온한 바닥으로/ 되돌아가는, 거기가 안식의 시작일까"(「비둘기에 관한 명상」) 자문자답한다. "내가 지금 서 있는 곳에서 행복할 수 없다면/ 세상 그 어느 곳을 가도 마찬가지"(「햇살 식사」)일 것이라는 화두가 사내를 집어삼킨다.

시인은 늘 낯설고 불편한 세상으로 만행을 서둘러야 한다. 모든 경계에서 혼란스러운 관계성이 우리의 삶을 핍진하게 둘러싸고 있는 이상, 영혼의 거소居所를 내밀한 추억에만 내줄 수 없는 탓이다. 이미 닥쳐온 슬픔이나 불행을 깊이 성찰하고 그 불행을 외면하거나 우회하지 않는 것이 시인이다. 변화를 모색하는 것이 아니라 전환을 시도하려면 'Tipping point'가 있어야 한다. 사내는 '망각'을 선택한다. 망각의 힘도 실존의 한 방식이라고 생각한 것이다. "새벽 세 시, 노인은 낚시꾼 같다/ 망각을 배우는 중이다" "늑대가 울면 결국,/ 홀로 되기 위해서 사는 것일까/ 치욕이다 노인은 멀리 낚싯대를 던진다" 비록 낚시하기 좋은 곳이고 환승하기 좋은 곳이지만 "꾼의 미덕은 기다림"이고 "버팀은 최고의 실존"(『푸른빛 낚시꾼들』)이라고 생각한 것이다. 그렇지만 사내는 여전히 '섬'이었고 세상은 "푸르디푸른 초저녁"에 갇혀 있다. 사내의 욕망이 현실에서 유리되고 격리당할수록 모든 억압에서 풀려날 단 한 번의 순간을 고대하고 있다. 하지만 그게 쉬운 일이 아니라는 것을 눈치챘을 것이다. 시인은 결국 자신의 강박관념에 대해 쓴다.

사내는 망각의 방식을 전제로 생생하게 살아 있는 추억의 모습을 보여주기 시작했다. '그리운 강박'이란 길고 암울한 터널을 벗어나기 위해서 진지하게 자신을 들여다보는 시적 체화의 시각이 '새벽 2시'다. 히브리인들은 밤을 3등분하고 그중 새벽 2시에서 해 뜨기 직전까지의 시간을 '새벽'이라고 정의했다. '새벽'은 극한 고통을 인내해야 하는 약한 자들에게는 더없이 힘든 시간이다. 사내가 물었다. "어디에나 새벽 2시의 앞산은 있고 누군가의/ 시선이 건너다보고 있을 겁니다 손을 뻗어/ 작고 차가운 손들이 만져지면/ 그대는 분노할까요 눈물겨워 할까요" 여전히 사내는 "떠날 수도, 머물 수도 없는 유형流刑의 북쪽"(『겨울밤』)에 있었다. "우산 없는 자들만 갇"히고 "부르지 않아도 저절로 끌려가 갇히는 곳"(『밤비 정류장』)에서 언어 밖으로 가버린 것들이 있었음을 고백한다. 그곳에서 "들판을 건너서야 초록이 초록이 아님을 알았고/ 그대를 지나서야 그대가 그대가 아님을 알았"(『언어적言語的 사랑』)다고 고백한다. 멀리서 바라보면 가까이 있을 때는 보이지 않았던 인간에 대한 상이한 존재이해가 확연하게 드러나는 법이다. "그 거리에 꽃들이 피고 지고 숱한 불면이 오고 가도/ 연민과 연민이 호밀밭의 파수꾼처럼 서 있는"(『그 집, 그 거리距離』) 사내는 조금만 가까워져도 훼손되는 절대적인 거리인 '추억'과 '망각' 사이에 늙은 거미처럼 걸려 있다. 그리고 아슬아슬한 거리를 훼손하지 않으려 스스로 '먼 겨울'을 홀로 기꺼이 돌아가려고 한다. 망각의 방식은 추억을 시간의 흐름 속에서 부정하든지 아니면 새로운 출구를 마련하는 일이다. 그러기 위해서는 먼저 '풀어줘야' 다시 '풀려나는' 연기성의 자각이 일어나야 한다.

흔히 미학적 거리(La Distance Esthetique)는 아름답다고 한다. 그러나 시의 심미적인 향수를 극대화하기 위해서는 이미지 사이의 미묘한 거리를 어떤 변증법적인 방향으로 전개했는가에 따라 수용성이 달라질 수 있다. 헤밍웨이는『움직이는 사육제』에서 "내가 파리에서 미시간 이야기를 썼듯 어쩌면 나는 파리를 벗어난 후에야 비로소 진짜 파리 이야기를 쓸 수 있을지 모른다. 그것은 내가 파리를 충분히 알지 못했다는 사실을 파리를 떠난 후에야 알게 되기 때문"이라고 했었다. 그는 어느새 "성긴 눈발 속을 커다란 붕새 한 마리"가 되어 "어느 고요한 유역流域/ 또 한 번의 생生을 건너가는 중"이었다. 뿐만 아니라 "느리고 느린 날갯짓 한 번 할 적마다/ 천 리를 가고/ 눈 한 번 꿈−뻑 감았다 뜰 때마다/ 천 번의 이별을"(『흐르는 연緣』) 거느린 날갯짓을 하고 있다. 붕새가 날아 닿을 곳에서는 "아침인지 저녁인지 구분 못하는/ 그 짧은 순간만큼의 기억으로/ 한 번, 다녀오고 싶"은 마을이 있다. "일 나가려면 더 자야지/ 모포를 끌어다 남은 잠을 다시 덮는,/ 녹았던 빨래가 다시 얼고/ 야근의 불빛이 켜지기 시작하고/ 잠에 겨운 당신이 비로소 깨어나/ 눈이 왔네, 하면서도" "깨면 금세 잊어버리는 꿈"(「샤갈의 마을에 내리는 눈」) 속의 집이 있다. 새는 "처마 끝 고드름 한 개 얼굴로/ 똑바로 떨어져 내리는 꿈" 때문에 "퍼뜩, 놀란 새 한 마리 눈 덮인 앞산으로 멀리 날아"가버리고 "어린 것들 훌쩍훌쩍 잠 투정하다가// 스르르르/ 다시 잠이 드"는 곳(「무명無明」)은 언제나 '위험한 담장'이 둘러친 현실과 겹하고 있다. 사내는 분명 "서로를 칭칭 감은 덩굴장미와 나팔꽃, 목을 조르는 수많은 손들/ 가시가 온몸을 뚫고 나와 누구의 가시인지 구별조차 할 수 없는,/···중략···/ 장미도 아니고 나팔꽃도 아닌" 곳에서 여전히 정류하고 있었던 것을 다시 한번 깨닫는다. "우리들의 담장은 오늘도 성城처럼 굳건한데", 사내는 "풀어주고 싶다 풀려나고 싶다" 그리고 다시 묻었다. "그리운 것들은/ 왜 담장 너머에만 있는 것일까"(「위험한 담장」) 사내는 분명 '풀어주고' 싶고 '풀려나고' 싶은 강박이 있다. 이 모든 물음이 사내의 몫인 것처럼 대답도 사내의 몫이다. "위급한 시대를 싣고 앰뷸런스 한 대 질주해가고 있"(「겨울밤」)는 새벽 2시. 곁이 그리운 시각이지만 사내는 이제 '섬'을 떠날 시간이다.

'섬'처럼 숨어 있는 사내와 '담장 밖의 세계' 사이에는 강박 또는 추억의 공간이 자리 잡고 있다. 이를 '존재의 집'으로 해석한다면 인간의 존재 이해에서 가장 중요한 것은 시공간의 체험일 것이다. 따라서 추억은 반드시 어떤 시간과 장소, 또는 공간에 결부되어 있다. 그 시공간 속에는 안과 밖의 변증법적 이해, 즉 단순히 이미지로서의 공간뿐만 아니라 사회적인 의미를 담고 있는 공간들도 작동하고 있다. '집과 세계'에 대한 바슐라르의 해석을 차용하면 '지하실'을 사내의 심연으로 끌어와 '섬'이나 '추억' 또는 '담장 안'으로 결부시킬 수 있을 것이며 사내가 펼쳐놓은 이미지마다 '마들렌 효과'가 나타날 것이다. 이것이 오히려 인간적인 시공간을 회복시킬 것이다. '억압', '가난', '소외', '병듦', '전쟁' 등 억압이 있는 사회에서 고통을 적시하지 않거나 느끼지 못하는 시인들은 시인이라고 볼 수 없다는 김수영의 전언을 떠올리면서 '황금벌판'을 생각한다. 풍족하게 누리는 자의 눈에는 '황금벌판'이겠지만 끊임없이 빼앗겨야 하는 자의 눈에는 '피바다'다. '강박'과 '연민'을 운명처럼 붙들고 있는 사내는 닥쳐온 슬픔이나 불행을 깊이 성찰하고 그 불행을 외면하거나 우회하지 않을 것으로 믿는다.

시를 읽는 동안 쿵쾅쿵쾅, 4월의 땅이 들썩이는 소리가 밤새 내 귀를 괴롭혔다. 비몽사몽, 꿈의 뒤란에는 짤막한 신음들이 뒤섞여 들렸다. 어제저녁, 집으로 돌아오는 길에 만난 목련은 4월의 노을을 차경으로 걸어놓고 있었는데, 오늘 아침 땅바닥에 흰 피가 흥건했다. 현상 속에서 겪는 허상은 가끔 경계가 모호하다. 풍경도 원래 자연의 재현이지만 시인에겐 다양한 양상으로 전개되는 지각 양상이다. 따라서 내면에서 펼쳐지는 풍경들이 '지각'과 '탈각' 사이를 넘나들게 된다. 도덕경 21장에 '窈兮冥兮 其中有精 其中有信'(깊고 어두컴컴해 무엇인지 분간하기 어렵지만 그 안엔 정수가 있고, 그 안엔 신념이 있다) 중에 '信'을 '道'로 바꾸어 읽으면 '玄之又玄 衆妙之門'(현은 온갖 묘가 나오는 道 문이다)과 통한다. 라일락 향기로 혼미해지는 봄, 벌, 나비는 물론이고 사람들도 향기에 취해 있다. 이렇게 향기로운 꽃을 즐기다 못해 혹시 라일락 꽃을 먹어본 적 있는가? 놀랍게도 라일락 향기는 달콤하나 꽃은 아주 쓰다. 눈과 코를 현혹시켰던 라일락이 정작 쓰디쓴 맛의 절정이었다. 이처럼 시인의 사유가 우리의 본질적인 삶에 직접 닿는 향기가 되지 못한다면 상흔을 늘여놓은 퍼즐만이 있을 뿐이다. "어리고 여린 것들이 다닥다닥/ 한집"이고 "부드러운 속을 감싼 것일수록/ 겉은 단단"(「단단한 진화론」)한 세상을 꿈꾸는 사내는 시에 선천적인 채무를 지고 있던 자였다.

박팔량 시인은 "오래 피는 것이 꽃이 아니라/ 봄철을 먼저 아는 것이 정말 꽃"이라고 했다. 관념의 자유, 언어유희를 시적인 근간으로 삼는 작금의 시들은 대부분 미세한 접점들이 난삽하게 얽혀 있다. 이러한 미세한 미적 인식의 분리나 차이는 결국 인간관계를 깨는 데 유용한 이미지를 생산하고 있다. 정직한 고통이 사라지고 요란한 이미지의 변용만으로 작품을 뒤흔드는 것은 추사가 언급한 것처럼 '괴怪'에 해당한

다. 이를 추종하는 자들이 많아지면 이를 '대세大勢'라고 하겠
지만 뒤집으면 '아류亞流'라는 말과 상통한다. '괴怪'가 개성의
구현이지만 감추는 것을 '허화虛和'라고 했고, '졸拙'에서 마침
내 큰 덕을 발견할 수 있다고 했다. '졸拙'은 역동적인 삶 속에
서도 고난과 역경을 이길 수 있는 깨달음을 담보할 수 있기
때문이라고 생각에 방점을 찍는다. "일관성은 의미를 만들
고 오래되면 색깔을 만드는데, / 이를 일관이라고 애써 믿는"
사내의 자서를 읽으면서 끝까지 혼탁한 '문학 조류'에 탁란하
지 않을 것을 믿는다. 그리고 암울한 시기에 영겁의 시간을
두고 '섬'처럼 떠 있던 사내가 지은 '공중 무덤 한 채'가 '꽃'이
되기를 바란다. 꽃은 피어도 꽃이고 져도 꽃이다.